LE VALLON

DE

SYLVANEZ.

SE TROUVE A PARIS,

Chez DESENNE, libraire, palais du Tribunat, et
chez les Marchands de nouveautés;

A MONTPELLIER, chez RENAUD, libraire, grand'-
rue;

A AVIGNON, chez JOLY, libraire;

A TOULOUSE, chez BELLEGARIGUE, libraire.

LE VALLON

DE

SYLVANEZ,

PAR M. VINCENT DARUTY,

MEMBRE DE L'ATHÉNÉE DES ÉTRANGERS DE PARIS,
ASSOCIÉ CORRESPONDANT DE LA SOCIÉTÉ LIBRE
DES SCIENCES ET BELLES-LETTRES DE MONTPELLIER.

OUVRAGE LU A L'ATHÉNÉE DES ÉTRANGERS
DANS LA SÉANCE DU 16 GERMINAL AN XIII.

> Nature ! ô séduisante et sublime déesse !...
> Oh ! qui pourra saisir dans leur variété
> De tes riches aspects la changeante beauté ?
> L'HOMME DES CHAMPS.

———

A PARIS,

DE L'IMPRIMERIE DE P. DIDOT L'AINÉ.

AN XIII.

NOTICE
PRÉLIMINAIRE.

Le Vallon de Sylvanez que j'ai tâché de reproduire dans cette description, est situé dans le ci-devant *Rouergue*, au voisinage de *Castres*, *Albi*, *Rhodez*, *Lodève*, etc.

Ses eaux minérales, celles d'*Andabre*, et de *Camarez*, qui sont à une petite promenade hors du vallon, méritent la réputation dont elles jouissent.

En profitant de tout ce que la localité présente de pittoresque, je me suis rappelé de ces vers de M. l'abbé Delille:

Mais n'allez pas non plus toujours peindre et décrire :
Dans l'art d'intéresser consiste l'art d'écrire.
Souvent dans vos tableaux placez des spectateurs,
Sur la scène des champs amenez des acteurs;
Cet art de l'intérêt est la source féconde.
Oui, l'homme aux yeux de l'homme est l'ornement du monde.
Les lieux les plus riants sans lui nous touchent peu ;
C'est un temple désert qui demande son dieu.

Avec lui mouvement, plaisir, gaîté, culture,
Tout renaît, tout revit: ainsi qu'à la nature
La présence de l'homme est nécessaire aux arts.

Pour me conformer au précepte du *Virgile français*, j'ai cru devoir choisir, parmi les hôtes nombreux que la saison des bains attire à *Sylvanez*, deux portraits qui fussent en harmonie avec le ton général des couleurs que j'ai employées.

J'ose assurer que ce ne sont point ici des portraits de fantaisie, je pourrais en citer les originaux.

Mais les convenances d'une part s'y opposent; de l'autre la modestie de M. l'abbé D***, de Castres, ne me pardonnerait pas, si je venais à mettre son nom au bas de la peinture que j'ai faite de ses vertus religieuses et sociales.

LE VALLON
DE SYLVANEZ.

~~~~~~~~~~~~~~~~~~~~~~~~~~~~

S'il est vrai qu'autrefois l'auguste poésie
M'a sur le double mont enivré d'ambrosie,
C'est lorsque jeune encor j'ai chanté les forêts,
Les ruisseaux, la prairie, et les ombrages frais :
Jamais plaisir plus doux ne s'offrit à ma muse.

En prendrai-je à témoin le vallon de Vaucluse
Dont les échos frappés de mes transports naissants
Daignèrent applaudir à mes faibles accents?
Que j'aime à rappeler ce séjour romantique
Si chéri des amants, mon berceau poétique !
Tout mon cœur est ému quand je songe à ces bois
Où je vis Apollon pour la premiere fois,
Où bientôt de l'amour vantant la douce ivresse

Je brûlai mon encens aux pieds d'une maîtresse
Qui depuis... éloignons un fâcheux souvenir;
La parjure, grands dieux!... Non, non, qu'à l'avenir
Le temps loin de mon cœur emporte son image...
Ces bains, ce site agreste attendent mon hommage;
Sylvanez, c'est pour toi que je prends mes crayons.

Déja l'astre du jour, au feu de ses rayons,
Chasse vers le sommet des montagnes voisines
Les vapeurs du matin qui voilaient tes collines :
Leur groupe divisé par le creux des torrents
Présente à mes regards vingt sites différents;
Celui que je choisis est près d'une vallée,
Au bout des peupliers dont l'art fit une allée:
C'est de là qu'on découvre un aspect enchanteur.

De ces rochers lointains l'imposante hauteur
Vers le midi figure un vaste amphithéâtre
Dont les flancs noircis d'ombre et le sommet bleuâtre,
Mariés, confondus avec l'azur des cieux,
Courbent sur le vallon leur plan harmonieux.

Sur ces deux tertres verds qui bornent son enceinte
N'est-ce point les troupeaux de Daphnis ou d'Amynthe

Que je vois tour-à-tour s'unir, se séparer,
Sur la roche pendante un moment s'égarer,
Et lorsque du belier la sonnette s'agite,
Rassemblés à pas lents redescendre à sa suite?

En vous guidant de l'œil, innocents animaux,
Je rêvais l'âge d'or; oui, j'oubliais les maux
Qui de l'homme ici-bas sont le triste héritage.
Hélas! pourquoi faut-il en retrouver l'image
Sous ce toît où des flots dans la terre enfermés,
A travers le bitume et le souffre enflammés,
Des sentiers souterrains franchissent les obstacles,
Brûlant de s'élever à de nouveaux miracles?

Que la pâle Douleur, au front chargé d'ennuis,
Dans la clarté des jours, dans l'épaisseur des nuits,
Coure au bassin fumant par la cloche avertie,
Et cesse d'effrayer le songe de la vie,
C'est mon vœu le plus doux. Moi, je dois mes pinceaux
A ces grands marroniers arrondis en berceaux,
Et qui m'offrent encor la fraîcheur printanière.
Quel génie a peuplé leur ombre hospitalière?
Puisque je m'y repose, oh! combien je voudrais
Dans ces groupes choisir seulement deux portraits:

L'un respire l'amour et la mélancolie,
L'autre, de nos erreurs accusant la folie,
Restitue aux autels de splendeur revêtus
Leurs plus riches trésors, le parfum des vertus.

Zélie est près de moi : dès l'aube matinale
Je l'entends qui gémit sur une mort fatale
Dont elle aime à nourrir le cruel sentiment ;
La guerre aux bords du Nil lui ravit son amant.
« Aux champs de Nazareth la victoire homicide
« A consolé mourant ce guerrier intrépide,
« Et moi, moi pour tous biens je n'ai que mes douleurs ».
Elle dit, et ses yeux laissent couler des pleurs.
Pour mieux s'abandonner à sa triste infortune
Voyez-la s'écarter de la foule importune ;
Amante du désert, les verdoyants coteaux,
La chûte d'un torrent, les tranquilles ruisseaux,
Dans son cœur malheureux appaisent seuls l'orage.
Quel tableau, quand je puis dans le voisin bocage
L'écouter en secret ! Que de pensers divers
L'assiégent ! Tout-à-coup oubliant ses revers
Elle se croit auprès de l'amant qu'elle adore,
Le voit, l'entend, répond, et puis lui parle encore.
Déja vers l'occident brillent les feux du soir ;

Où va-t-elle? Observons. Regardez-la s'asseoir
Sur les débris sacrés d'un ancien monastère.
Bientôt elle poursuit sa marche solitaire
Jusqu'aux enfoncements de ces monts caverneux,
Demande à leurs échos de lui rendre les nœuds
Dont le tissu formait le bonheur de sa vie,
Et dont la perte, hélas! de tant de pleurs suivie,
N'a gravé sur son front flétri par les regrets
Que le dégoût du monde et l'espoir d'un cyprès.
Dans sa pâle blancheur elle est encore belle;
C'est un marbre sorti des mains de Praxitèle,
Et dont l'effet plaintif invoqué par l'orgueil
Peut orner tristement la pompe d'un cercueil :
Amis, ne troublons point la douleur qui l'accable...

Je dois peindre à vos yeux un mortel respectable;
Le voici : dans ses traits éclate sa candeur;
De la religion il est l'appui, l'honneur,
Il en fut de tous temps le fidèle ministre;
Et lorsque la Terreur de son souffle sinistre
Le chassait de la France, à son destin soumis,
Il priait en fuyant pour tous ses ennemis;
Il est modeste, affable, à l'erreur il pardonne,
Dans ses propos chrétiens il ne damne personne,

Son cœur n'est point rempli de soins ambitieux,
Et sans troubler l'état pour l'intérêt des cieux,
On voit à ses discours pleins de sel et de grace
Qu'il lit par fois Virgile et plus souvent Horace;
Il rappèle avec joie au pied des saints autels
Du GRAND NAPOLÉON les travaux immortels,
Des plus brillants lauriers la France couronnée,
La ligue des méchants à la paix condamnée,
Un gouvernement sage et dont la MAJESTÉ
Rassure enfin l'Europe et la postérité.
Pasteurs religieux, c'est là votre modèle.

Je n'esquisserai point d'un crayon trop fidèle
L'avare qui, les yeux tournés vers son trésor,
Boit les eaux, sans jamais perdre la soif de l'or,
Ce joueur effréné qui plein de son idole
Ne vient là que pour prendre un bain dans le pactole,
Et la vieille coquette, et le barbon galant,
Tous les deux attirés par l'espoir consolant
De se renouveller au fleuve de Jouvence.
Ah! non, non, plus d'écarts... le dieu du goût s'avance,
Et d'un regard où vient d'expirer son courroux
Il ramene mes pas sur ces gazons si doux
Dont s'embellit aux yeux cette étroite prairie.
Oh! quel charme fait naître en mon ame attendrie

Ce limpide ruisseau qui sur la fin du jour
Réunit son murmure aux soupirs de l'amour!
Ses bords, des ris, des jeux mystérieux théâtre,
Reçoivent tous les soirs plus d'un essaim folâtre :
Des hôtes de ces lieux respectons la gaîté,
En cherchant le plaisir ils trouvent la santé.
Traversons ce torrent ; les chastes Piérides
Se troublent à l'aspect de ses ondes livides...
Nymphes, rassurez-vous ; voici le chêne altier
Où bien souvent conduit par un petit sentier,
Gesner, Delille en main, j'allai vous rendre hommage,
Jouir de leurs concerts, du frais, et de l'ombrage.
De ce site charmant hâtons-nous d'approcher ;
Mais ni l'onde qui sort des flancs de ce rocher,
Ni du chêne sacré l'asile tutélaire
Ne peuvent m'arrêter dans ma noble carrière.
Profanes déités, fuyez loin de mes yeux...

Ici s'offre un tableau touchant, religieux,
De nos aïeux chrétiens vénérable relique.

Au point du nord s'élève une abbaye antique [1]

_____

(1) Selon la tradition que je tiens du curé du lieu,

Que de ses mains fonda le Remord dévorant,
Et dont les murs battus par les eaux du torrent,
Ravagés par le fer des guerres intestines,
Parmi ces monts déserts étalent leurs ruines.

Que j'aime à parcourir ce cloître inhabité
Alors que du soleil la mourante clarté

---

cette abbaye a été fondée par un seigneur de *Lodève*, qui, après avoir mené une vie désordonnée, se sentant déchiré de remords choisit le vallon pour asile.

Les compagnons de ses égarements, touchés d'un même repentir, imitèrent sa conversion, le suivirent dans sa retraite; et bientôt un monastère fut bâti sous le nom de *Salva nos, Sauvez-vous*. Les paysans des environs disent encore dans l'idiôme du pays : *Saouba-nez* (bref.)

Les heures de la journée que ces nouveaux solitaires ne passaient point à prier, ils les employaient à défricher les terres et les coteaux voisins couverts alors d'impénétrables forêts.

Ce qui en reste conserve au vallon son aspect agreste et sauvage; et c'est de là sans doute que dans des temps plus modernes on a fait du nom de *Saouba-nez*, celui de *Sylvanez*.

Disparaissant enfin à l'approche des ombres
Laisse l'astre des nuits planer sur ces décombres!

Mais tandis que ma voix implore son retour,
Déja de ce vallon il a chassé le jour,
Pâle, mélancolique il s'avance, il éclaire
Les antiques vitraux, la croix du sanctuaire,
Et le clocher rustique, et les obscurs tombeaux
Que la Piété creuse au peuple des hameaux.

Entrons dans ce séjour de deuil et de silence.
Le Temps, la main du Siècle ont avec violence
Au mortel malheureux dans sa route égaré
Interdit pour toujours ce refuge sacré...
Ils en ont profané les modestes portiques.
Le Crime, à la faveur des discordes publiques,
Ici de ses poisons vomissant tous les flots,
Semble avoir épuisé le feu de ses complots;
Eh bien! malgré les coups de ses fatales armes
L'imagination y trouve encor des charmes;
Non, non, le souvenir de *Benoît*, de *Rancé*,
De nos sensibles cœurs ne s'est point effacé.
Des cygnes du Jourdain la sublime harmonie,
Il est vrai, de ces lieux fut à jamais bannie,

Vains projets des humains que Dieu même confond...
On dirait que ces murs, dans ce calme profond,
Jaloux de nos regrets, à l'oreille surprise
Exhalent les soupirs d'Abeylard, d'Héloïse...

Est-ce une illusion?... D'où partent ces accents...
Quel transport inconnu charme et trouble mes sens!...
Ruisseau, suspends ta course! ô nuit! soit attentive,
C'est Zélie, écoutons sa romance plaintive :

Reviens, aimable inquiétude,
Douce interprète de mon cœur,
Reviens, fidèle à mon malheur,
Le conter à la solitude:
Sur le mortel le plus charmant
Faut-il rappeler ma victoire?
Je respirais dans mon amant,
Il faisait mon bonheur, ma gloire;
Aux bords du Nil l'ami de mon berceau
Dans les combats a trouvé le tombeau.

Conduit par un vainqueur célèbre
Il en adorait le laurier,
Et le front du jeune guerrier

N'a pas même un cyprès funèbre ;
Secouez vos sanglants débris,
De Nazareth plaines sacrées,
Rendez à mes vœux, à mes cris,
Rendez ses cendres ignorées...
Dieu des chrétiens, c'est près de ton berceau
Que mon amant a trouvé le tombeau.

En vain la fortune inconstante
Le flatta d'un grand souvenir,
Du silence de l'avenir
Qu'il soit vengé par son amante :
La mort n'a point vaincu l'amour ;
Quoi ! Lainval oublierait Zélie...
Du haut du céleste séjour
Ne voit-il pas si je l'oublie ?
Un doux penchant nous unit au berceau,
Il me suivra jusque dans le tombeau.

Coupable effet d'un sort barbare !
Eh quoi ! même dans le saint lieu
Je viens t'outrager, ô mon Dieu !
Pardonne au transport qui m'égare :
Aide à mon effort impuissant

Pour cesser d'être criminelle :
Que ton regard compatissant
Au pied de ton trône m'appelle ;
Tu me rendras l'ami de mon berceau....
Frappe, ô mon Dieu, je bénis le tombeau.[1]

---

(1) La musique de cette romance, avec accompagnement de harpe et de cor, est de la composition de P. GAVEAUX dont on connaît les charmantes productions : elle se vend chez les frères Gaveaux, marchands de musique, passage Feydeau.

FIN.